栽种春光

袁伟/著

江苏凤凰文艺出版社
JIANGSU PHOENIX LITERATURE AND ART PUBLISHING, LTD

图书在版编目（CIP）数据

栽种春光 / 袁伟著 . — 南京：江苏凤凰文艺出版社，2018.9（2023.5 重印）

ISBN 978-7-5594-2828-8

Ⅰ . ①栽…　Ⅱ . ①袁…　Ⅲ . ①诗集—中国—当代　Ⅳ . ① I227

中国版本图书馆 CIP 数据核字（2018）第 201338 号

栽种春光

著　　者	袁　伟
责任编辑	梁雪波　王宏波
出版发行	江苏凤凰文艺出版社
出版社地址	南京市中央路 165 号，邮编：210009
出版社网址	http://www.jswenyi.com
印　　刷	三河市双升印务有限公司
开　　本	880 毫米 ×1230 毫米 1/32
印　　张	5.125
字　　数	105 千字
版　　次	2018 年 9 月第 1 版
印　　次	2023 年 5 月第 2 次印刷
标准书号	ISBN 978 - 7 - 5594 - 2828 - 8
定　　价	49.80 元

目　录

第四辑:刹那记

序:在青春逐梦的路上

郭文善(扬州大学农学院党委书记)

袁伟,是我院农学专业一名“90后”本科四年级学生,同时也是一位虔诚的文学爱好者。

他来自贵州省一个普通的农村家庭,就像一颗怀揣着创作梦的“种子”来到了扬州大学农学院,一直踏实勤奋、刻苦钻研,在专业知识的浇灌下,这颗“种子”带着梦想萌芽、扎根成长,把“农学”和“文学”两个看似不太相关的主题进行了很好的融合。

或许是出于对以往作品的总结,或许是出于对未来校园诗歌之路的探索,本科的最后一年,他选择放慢脚步,想出版一本诗集来回顾在“象牙塔”里的时光。他试探着来学院表达了他的想法,学院领导和老师很高兴他对农学的热爱,也很赏识他的文学创作才华,鼓励他将农学与文学相结合,继续深耕下去,为此经学院研究决定由江苏省农学品牌专业全额资助他的诗集。

扬州大学农学院在百余年的办学过程中,向来注重人才培养工作。一代代农院人砥砺奋进、薪火相传,涌现了一大批为现代社会发展作出卓越贡献的优秀校友,但是在本科阶段能把农学专业之美写进诗歌中并达到出版水平的实属首例,并且不易,此为惊叹!此外,多年来在学校“坚苦自立”的校训传承下,学院以农学专业综合改革与品牌专业建设为推动力,通过构建“三个注重”(即理论教学注重基础、实验教学注重能力、创新教育注重卓越创新创业技能）人才培养模式，努力将学生培养为“有理想、有追求、有素养、有担当、能做事、能共事”的高层次、复合应用型卓越农学人才。在此机制下，我们欣喜地发现，像袁伟同学这般在自己的“领域”里敢想、敢拼、敢冲的农院人才辈出，也是我们一直秉持“一专多能”教育理念的最好反馈，此为欣慰！

学院农学品牌专业全额资助袁伟同学《栽种春光》诗集的出版，助力这位普通的农学本科生的梦想，因为这不仅是他个人的梦，也让所有农科学子们看到了“诗和远方”，并且告诉他们“诗和远方就在身边，在田野、课堂和实验室”。我们认为，在农院只要你心怀梦想，敢于去追寻，不耗费青春，不虚度光阴，不管在什么领域作出成绩，学院都愿意与你一起努力实现梦想。

完整地读完这本诗集所选的作品，我们觉得满眼“晴翠”。作品以带有农学专业色彩的校园诗歌为主，清新又自然。比如他在《栽种春光》中写道：“我在立夏后的田里栽种春光/如你所见，一根长绳横贯其间/像一把刻度尺。它在丈量株距的同时/也顺便检验我们对待劳作的态度/我们在绳子前站成一排/每栽下一株秧苗，就给水田鞠一躬。”可能很多人对他诗句中描述的场景很好奇，为何栽种秧苗时还需“一根长绳”？其实这是我们科研田中最常见的一种栽培方式——精确定量栽培，也是学生们体验较多的专业实践活动之一。袁伟通过自己在实践中的学习、感悟，把插秧转化成最朴素的文字，既展示出了农学专业之美，也表达了自己谦恭的人生态度。又如《立秋》里，“三化螟、卷叶螟，还有灰飞虱/专业实践课上，讲授水稻的老师/正在用粉笔给它们量刑。”农业昆虫学是我院农学专业学生必须掌握的一门常规课程，通过理论教学结合实践对农业害虫进行观察、鉴别和了解，并研究被害植物受害后的反应。袁伟同学能充分利用日常学习生活的点滴细节，时刻保持着一颗发现美的心，将我们专业课程学习和诗歌生动地结合起来，实在难得。诸如此类的诗歌在这本诗集中还有很多，他骄傲地说，三年的本科专业学习是他创作的最大源泉和动力！他也告诉学院老师下一个“小目标”——报考本院农科硕士研究生，希望在更深入系统的专业学习中“研”续自己的梦想，这一志向也让我们欣慰不已。我们为他感到骄傲，同时也乐于看到更多像袁伟一样的同学，在坚守着本专业的同时追求自己的梦想！

一代人有一代人之诗歌，一代人更有一代人之梦想。百年新诗、百年筑梦。希望每一个有梦想的学子都努力去追寻自己想要的东西，在前进的路上，学院永远是他们强大的后盾。对于袁伟来说，一切才刚刚开始，希望他在今后的学习、工作和写作中能不忘初心，继续向前；继续热爱生活，保持思考，坚定梦想，写出更多、更好的作品。

年轻即出发，希望所有的青春都在追逐梦想的路上！

2018年9月1日

第一辑

雪蝴蝶

相互亏欠

时钟在零时停摆，我正
准备离开。风和雨的挽留
被我一一地挡在伞外

只背一把褶皱吉他
把写给你的词和曲留下
相互亏欠吧，这别离的弦和歌

窗台的多肉我带走了，它
与你喜欢的文竹不和
带走肥胖，它留下一米阳光

四月的蔷薇，欠你一句长情的话
你写给我的信笺，还差三十六个标点
何必记那么清楚呢？我怕风管不住嘴巴

这次告别是山迢水阔，我打算
走得潇洒、决绝。那剪不断的连系
就让它链着吧，在岁月如歌中相互亏欠

回车键

如果有一天，你
收到一封不分行的信
请不要怀疑我
对爱的热情
相信吧，那依然
是写给你的诗。只是
我的回车键，在
长年累月的敲击下殒殁
此后，爱
不再分行表达

风中的便条

窗外的第一场秋雨，把
尘封许久的匣子慢慢打开
一颗喜欢或爱的情愫悄悄地溜出来

瞬间爆发的思念，让
今夜辗转难眠。想给你写一封信
可邮局里也查不到确切的邮编

开始相信六度分离理论，跑去
向全世界打听。他们、她们还有它们
都不知道确切的联系方式和地址

秋意渐浓，我只能
在夜色和秋风中给你留言

张謇花园

阳光从银河里溢出，带着
奢侈的温度。指令似的
解除寒冷和慵倦的无形禁锢
假山后的一排木椅，连着好几天
都被人占据。在午后相依
掏出腹中堆积的词语，恋人们的情话
生涩、冷硬，尔后渐渐炙热，撩人
他们尽量把声音压低，以免
引起残荷的妒忌，却无声闯入
一个流浪汉的呓语。他枕着的泛黄相片
似乎是一张快要过期的婚装合影
此时，鲤鱼嬉戏，候鸟呢喃……
放眼望去，所有爱情都在光合作用
就连祖师爷的雕像，也微红着脸

眼波眉

河床是深邃的眼睛，汩汩泪水
平静，或汹涌，偶尔沾湿
两岸的水草。哦不，应该是
浓密、细软的眉毛。爱情像一尾鱼
河流必须保持该有的温度和深度
思念的源头，不是心脏和大脑
要知道，视觉比感觉更迅速
“在水之湄，在水之涘”
我的秋水伊人，常住于眼角眉稍

星空物语

仰躺在站台的木凳子上，我
重新打开许久未用的感官
因为你要来，它们变得异常灵敏
所及之处，街灯很早就绽开，芳香——
让来往的人潮和车流变成幸福的蜜蜂
等待是一种由远及近的幸福
风中有你的呼吸、心跳和脚步声
我试图把这份喜悦告诉夜空的星星
它们却始终缄默不语，只不停地眨着眼睛
谁能断言它们对此毫无兴趣呢
难道满地的星光不是无声的诚挚祝词
要知道没有星星时，夜色永远衣衫褴褛
它仅有的温情，也会被一片漆黑收割殆尽

恋爱函数

其实，半年多来我一直在默默统计
送你回校的路与我独自返程时
到底相差多少步。而这总在变化的数字
就是我在时间轴上刻下的爱的印迹
每一个步数差，都是不舍的量化
这种感觉无法形容和比喻
我只能借助统计，分析我的情感落差
人潮散去后的大学北路，花草树木
星光和月光都冠上了你的姓名
因而孤清的夜色也变得温婉动人
等到所有数据都在坐标轴上找到归宿
一个以你名字命名的函数
就在梦里宣告诞生

草木花香

从文汇路到瘦西湖，一路上
我们尽量用嬉闹去打破深夜的荒凉
身后，是被甩远的啤酒和香烟的味道
我知道整个夜晚都在惊羡
象牙塔式的恋爱为何如此皎白
从不打听彼此的过去，不焦虑遥远的未来
因为没有比脚步更可靠的承诺
一步一步地走着，我们的脚印足够夯实
经得起时间的侵蚀和诱惑
花语、树语、鸟语……都是恋爱的语录
但除了路边的行道树和绿化栏里的花草外
我们并不打算让更多的人知道

雪蝴蝶

雪，落地即化，是我
停笔就干的文字
它极其隐秘、含蓄，怕你看见
在风雪夜归的路上抒情
念起你的名字时，雨和雪
似乎就牢牢地，拥抱着彼此
一朵雪花，就是一只白色雨蝶
它在今夜破茧，摆脱桎梏
带着我冰冻后的情愫，落在你的窗边
因此，你不要抬头，也不要开窗
就保持低眉颔首的样子
我怕你双眸的温情会让它过早融化

献诗，十四行

在简约的咖啡馆
时光变得清浅而缓慢
我们是两条未曾谋面的鱼
逃脱过钓钩和网的封锁
阳光横斜，投射在你的裙边
像一株细秀的水草。此后
我们的话题，就跟着它一起摇曳
关于爱情，关于青春，关于
别人不曾走进过的内陆岛屿……
做彼此的听众，我们偶尔
也用微笑相互回应。你走过的山河
被我迁移到预留的空白上
我用山石堆成城池，让草木化身护卫
今夜，你就是我寻觅已久的国主

致　AL

送你回校后，夜的浓度变高
我羞于启齿问别人回去的路怎么走
唯有默念你的名字，让单车循着
未被细雨吞噬的你的车辙向前
AL，AL……我一遍遍地叫
你听不见，只有耳旁掠过的风一一应答
想起你，你的微笑就像一把柴薪
一路上把我的血液反复加热、煮沸
如果这世间有一支可以测量爱的体温计
那么此刻我正处于高烧
而你的问候，是唯一的治愈之药

对一朵火花负责

第七天，一朵火花悄然绽放
它生长在虚拟的枝头。我们那
长短不一的词句，是最肥美的土壤

冬夜图谋不轨，私藏千万支箭
扬言谁若深感孤寒，就向谁射去
一朵火花，是无声的呐喊

与其他生物一样，它也有
属于自己的生命周期。而单向的联系
会让它过早凋谢、零落

对一朵火花负责，就如同
每天按时给窗台的多肉浇水
豆大的火苗，燃烧着积压多年的缄默

过敏原

这些年来，我这师出无门
也没有执照的赤脚医生
一直尝试着给自己疗伤治病
几番伤寒杂病过后，我的免疫防线
不再固若金汤。一些细微之物
经常单骑闯关攻陷我体内的城池
因而，我不得不
对马蹄踏飞的纤尘，以及花朵
在春天里涂抹的胭脂保持高度警惕
无济于事。五行缺火的人
血液长期处于某个低温
由你的名字，脱口而出时将其煮沸
所有过敏原中，与你有关的部分
最为尖锐。它们被时间打磨成利箭
每当陷入回忆，生活就拉满弓弦射向我

小酸奶

初恋,像手中的酸奶
只因为添加了扬大这味甘草
我的味蕾,就被甜蜜裹了一层又一层
桑葚、苹果、菠萝……每见一次面
就换一种新风味儿,酸奶的种数
正好是恋爱的一个小周期
当爱再次出发时,我一定会告诉你
关于扬大酸奶里藏着的恋爱语录
请慢慢咀嚼、咽下。唇齿间
的果香和奶味,让爱时常保持新鲜
每种酸奶都是科学的产物,因此
我们的恋爱不能有半点迷信。你看
一杯酸奶是有长度的,横贯整条大学北路
我固执地认为,我们喝的是一种信仰
而脚下细碎的步子,是它最忠实的信徒

桃花蛊

三月。人间的春色蠢蠢欲动
含羞吐妍,我路过一树桃红的春天
骨朵在昨夜的喜雨中沐浴
洗去凡世强加于己的纤尘和杂念
娇艳妖娆之外,桃花一定还有其他美学
春日,迟迟。我自行核实查证
盯着一朵桃花看得太久,就很容易
把自己当成在花蕊中修炼的仙子
无论如何都得向那只蜜蜂致谢
它振动翅膀,试图帮我打破这种错觉
来不及了,桃花早已在我身上绑下死结
像一条蛊虫,监视着我的七情六欲
不敢再多看一眼,情蛊难熬
桃花每开一朵,我体内的蛊毒就发作一次

白头计划

初雪带来低温和凝冻
却解禁一些懒散多日的脚步
像一枚神奇的蛋,爱情
在凛冽中孵化出比翼的鸟
冰雕和雪景,都是爱的象征
一对情侣赶在太阳起床之前合影留念
绕着操场,走了一圈,又一圈
他们想在瞬间白头的心愿
却始终没能在雪中兑现

雨夜单车

是雨夜、单车和背的无数次不谋而合
在生命最羸弱的雨季
这三个词和诗意没有任何关系
我常在雨夜被一些没有瓜葛的病痛找上门
它们突如其来，不由分说
逼迫我带着哭腔从梦中惊醒，
从工业园区到司前医院，三四里路
老旧的二八自行车累得咯吱咯吱
坐在横杆上，我能听到父亲焦虑的心跳——
清晰、急促，刺耳。他试图
用谈话和唱歌掩盖未知的恐惧，但在
滂沱大雨中更像是祈祷……
十几年过去，单车早已在回收站完成轮转
父亲对雨夜的敏感，却仍然被尘世所困

当　铺

为了我的成长和学业，在不同时间段
父母依次抵押了青春、血汗和健康……
每一笔交易都曾经过我的手，清点完账目后
我就拎着几贯铜臭去挥霍一空。他们身上
的皱纹和病痛是两张刺眼的收据单
随时间的一口口啃噬，字迹日渐模糊
只有粗糙的指纹，刺青一样，愈久弥新
他们从未想过重新赎回典当的物件
包括我在内，也没人去刻意提醒
在生活的当铺中，我们都太过健忘
其实，我是铺子里一个黑心的小伙计
作为儿子，是我干过的最不合格的兼职
此后算珠拨上拨下，每一声脆响都是
我渴望商品升值并高价拍卖的贪念

称　重

母亲。当这个词语
突破喉结和牙关的封锁后
她就安静地立在天平的一端
与另一位叫妈妈的女人一起称重
单论体重，母亲肯定要重得多
自从我来到这个世界后，每隔一段时间
生活就会往她肩上的挑子里
加一些重物。此外，光阴也不断增重
而天平另一端的妈妈，她
被力臂高高地抬起。轻盈、苗条——
这种未被时间啃噬的青春属性
在十月怀胎时，成为我腹中的营养品
当我终于认识到自己的罪孽
就永久地拒绝了一切生日祝福。正如
二十二岁的今夜，我独坐案边
写下罪己书，祈求岁月减轻对母亲的惩罚

罚　跪

一句谎言
让我膝下的黄金，在
六岁那年夏天的某个雨夜就跪没了
堂屋里的一片漆黑，像母亲口中那句
不由分说的罚跪命令。神龛下
列祖列宗负责审阅我的悔过态度
至于谎言的内容，早已被时间粉碎
每当有人称道我的言行时
我总把它归功于只字不识的母亲
如今的膝盖上，两个老茧若隐若现
仿佛记录着简单粗暴的家法
一道闪电用光和力，把它刻入我的骨髓
我用膝下的黄金，买了启蒙字典
它由母亲所编，剔除了一切不实之词

陪　伴

不惑之年，母亲越活越像
种在实验田里的某种油料作物
为了提高出油率，她反复地压榨自己
以至于，没能抽出时间及时撕掉
目不识丁这个标签。但
这丝毫不影响她对于词性的改造
从隔几周一次的电话联系，到
隔三岔五的语音、视屏，甚至发红包
她曾被时代甩得太远。现在正竭力赶上
我能想象到她新奇而吃力的样子
在我和弟弟的远程协助后，她费尽脑力
又把每个微信功能都练习好几十遍
终于，陪伴变成一只破茧的彩蝶
它翩飞于各种电波之间
是当下母亲最信赖的邮差或信使

裁缝铺

纽扣在夜里被老鼠啃噬，一颗不剩
破旧的牛仔衣，是一座不能再单薄的城
寒潮迫近，城池没有重兵把守
我穿过夜和雨的封锁，到裁缝铺修缮城池
狭小的楼梯间，只能安放一台缝纫机
此外，连安顿老裁缝瘦弱的肉身也显得拥挤
他戴着眼镜，镜片厚得
就快透不过比针尖稍大的一截光阴
不断飞针走线，他让每颗扣子
重新驻守到寒流来袭的位置
长时间弯腰屈膝，他的身子
发生不可塑形变
灯光下，弯曲的弧度是他生命的一道绽口
他终其一生，也没能缝合

反　哺

一篮粽子，一把香，一沓纸钱，一瓶雄黄酒
提着这些节日的元素去陪外婆过端午
我们从未见过面，但我却吃过她包的粽子
那时我还在妈妈腹中，粽香通过脐带滋养我
雨后，外婆的墓地祥和、静谧
菖蒲、艾蒿、粽叶，洗尽凡尘和纷扰
点燃纸钱和香，再把粽子摆在碑前
席地而坐，我和外婆对饮雄黄
三杯过后，瓶子就空了
一个熟悉的声音告诉我，不能再喝
饭粒还未进入食道，眼泪，就夺眶而出
唇齿间，满是二十年前的外婆的味道
再服一粒时光胶囊，叩一个响头，我就离开
只留下竹立香这根脐带，替母亲反哺外婆

同乡聚会

四散在这个城市的
甲乙丙丁。举杯过后，就
成了没有血缘的亲人

其实，这样的关系
早已确定。只差在时间轴上
找一个最佳的结点核实

是久别重逢，聚会
每一张面孔都似曾相识
大山一般朴素、笃定

像一把重新启用的口琴，乡音
每一个跳动的音符里
都回荡着关于故乡的记忆

互留联系方式和地址
赵、钱、孙、李……
就不再是百家姓上的关系

像一个故事的引子
一切都未完待续

45 度角的感动

视力疲劳、结膜发炎。十多年来
它们一再刻意纠缠三叔公，把真相
挡在视野之外。对于没有慧眼的三叔公来说
红尘俗世的纷扰变得更加模糊，不真切
他的眼里时常干涸，眼泪已经被生活榨干
曾经见证过无数鳏、寡、孤、独
可他用尽全身力气也没能挤出过一滴眼泪
怀疑过自己的心肠是否石化，他甚至
试图用针灸戳寻泪点。直到幺叔
从大山外打工回来，用一瓶滴眼液
解除眼疾的封印。当三叔公又一次清楚地
看到满坡梯田，眼泪时隔多年再次决堤
这一次他微仰着头，感动，呈 45 度角

情花毒

一朵罪恶的罂粟花
在云烟中婀娜了几千年
从不肯迟暮

她说自己尘缘未了
可邂逅的总是
死亡之恋

轻轻地，她一个吻
让思念陷入单曲循环
梦里梦外，云里雾里
生命开始疲于挣扎

谁知道，它最终
是倒在了江南的巷弄
还是北方的胡同

情花有毒
拒绝是最好的疫苗

夜宿丁伙镇

——兼致李大叔

车灯尽头，传来不绝的狗吠
它们操着不同地域的口音
身后的行李箱，比双脚更疲惫

在一个澡堂前停止前行
寒风灌入血液后，我的肉身
就想向一池热水谄媚

“冷吗，饿了吧”。话音未落
他随即去屋里端来热茶和饭菜
急切的步子写满了温情

在距离扬泰机场五公里的丁伙镇
他好心留宿，驱走我内心的不安
夜深人静，我的眼泪溃不成军

从苏中到黔东，穿过五个省份
回家的路总是漫长、曲折

似乎，有意要考验我是否足够虔诚

夜宿丁伙镇，我的睡梦异常甘甜
——他安排好了次日清晨赶机的车辆
为我消除心头的误机忧虑

写下这些文字时，回忆
再一次涨潮。而他以恩人的身份
最先浮出水面，成为这个故事的开篇

除了姓氏，我对他一无所知
只有“李大叔”这个称谓，随着回忆
渐渐变成我内心最柔软的那部分

新闻中心

曾经的犹豫、心结
在这个夏天被一一打开
二十天的时间里，我们畅聊
生活、梦乡、家常
偶尔也谈谈曾经眺望过的远方

家的概念
被无数人引用，注解
我们却一直在挖掘
它更深层的含义

拍照片、做视频、写稿子……
将一个活动铺开晾晒
等所有工序都完成，再一一闭合起来

它们
是家文化中，不可缺少的元素

向死而生，致福贵

——观《活着》有感

颓势，从一开始就被渲染
又输了，“又”不过是再一次
不过是习以为常地记账，不过是
用十指不沾阳春水的手签字、画押
依旧谈笑风生，依旧潇洒自如
旁观者的耳里隐约着唢呐和二胡
低沉或悲怆的预言。恒源号的驮你回家
你在她背上小憩，你不知道
她并不稳健的步伐，是不祥之兆
家破、人亡——你生命的湍流
被嶙峋怪石拦腰斩断：一截，一劫
大富大贵，鳏寡孤独……这种
戏剧性十足的落差，不期而至
让你来不及悔恨，来不及感叹，来不及
怨天尤人。福、贵，命运
把无尽的宠溺冠在你的名字上
没人能想到，有一天它会从你至亲至爱
之人的身上一一索回。活着，就得

学会苟且，就得把所有的苦难都咀嚼咽下
你的生命是逆向的，向死而生——
阴谋、变故、切肤之痛，是有机肥
至于温光水热，至于病草虫害
与你而言都无所畏惧。黑暗的日子里
你早已进化成一株敢于反绑生命的藤蔓

眼 泪

我没那么理性，甚至
感性曾长期占据着头把交椅
它们之间有太多过节，我无法调停
长此以往，共鸣的沸点
难免会逐渐升高。没关系
总有一种感触能撬开尘封的泪匣
热泪在滑落时失去温度，泪痕
记录着短暂的滚烫。读不出喜或悲
它本身不带有任何感情色彩
年幼时，泪流得太奢侈
喜怒哀乐都曾用它来表达
之后留下很多后遗症，干哭算一个
多么悲哀，当我终于认识到
眼泪属于体内的非再生能源时
生活已经收回权限，禁止我再次开采

露珠或浩瀚之水

清晨,我路过实验田
弯腰看了一眼亲手栽种的春光
秧苗的叶片细长、碧绿
像河蚌一样,吐露出晶莹的珍珠
入定细究,我惊叹于一颗露珠的容量
它收藏了半亩蛙鸣,一片星空
以及此时此刻,我所表现出的惊叹
以小怀大,或许就是:有容乃大
关于露珠的形成,早有定论
但只从气象学的角度解释,未免
过于生硬。拔节时,骨骼被强制拉长
疼痛,打开它控制眼泪的阀门
眼里时常干涸的人,或多或少都会
对露珠的药用性有所期待
他们用圣洁之物一颗颗地采集
煎煮、口服后,治愈泪腺的多年麻木

第二辑

瓦上霜

立 春

吊脚楼下，鞭炮的碎屑
散落在田野中，颜色依旧新艳
换上平日劳作穿的粗布衣，爷爷
进行一项古老的仪式——
鞭春牛。一根发黄的竹条
在风中抽得山响，它的稚气和暴躁
都被木枷和缰绳给一一制服
这是一门快要失传的技艺
书本教子孙们选择观望和憨笑
一年之计始于立春，爷爷
再次拉开与黄土地打交道的序幕
七十六年来，他一直钟爱着
这份祖传的职业。这并不是什么秘密
但除了堂屋里的神龛外，没人知道

清　明

如期而至的雨
浇灭村子里所有的炊烟
禁火、寒食，祖先们
从时光深处一一醒来
在堂屋里磬音的指引下
穿过荆棘和陌生，来到祖屋
坐上被供奉的牌位
爷爷点燃新打好的一堆纸币
一辈子穷困潦倒，祖先们
除了春节，就数清明最有钱
端出年后酿好的春酒，就着隔夜
蒸好的艾叶粑。一家老少
把追思寄往另一个世界

处　暑

是躲藏，也是终止
这卡在字典里的解释，突然
从铅块中逃出来，在处暑那天
跳进太爷的生命史。他在
二十一年前的夜里离开
破旧的粗布衣服上，粘有几粒稻子
田野里此起彼伏的蛙声代替唢呐
在暗夜里坚守着他的灵魂
用白纸糊几盏河灯，再
画几道神秘符号。爷爷带着父辈
到溪边去把祝福和哀思寄远
天微明时降生，一来一去
我和太爷在另一个时间维度里
有过唯一一次短暂交集

大　寒

像一串省略号，是结束
也是开始。寒潮还在继续侵袭
让每一个生命都体会刺骨的含义
雪越下越大，温度越来越低
窗外的寒梅就反抗得越来越强烈
它挺着笔直的身骨，绽放
是无声的呐喊或咆哮
这天起，年味变得更浓、更近
村里忙着洒扫庭除，置办年货
石碾、石舂，还有石磨
这些平日里被机械取代的石器
重新祭出，带来一些久违的味道和仪式感
对于大寒的认识，庄稼人比谁都深刻
寒色和冰冷，被他们扔进红泥炉火

锅巴粉

老旧的石磨被重新起用
尘封许久后，它仍能
将混在一起的粘米、糯米、绿豆
磨成浆液，顺便碾碎
祖辈们积攒一年的辛劳和疲倦
灶孔中的稻草或豆秸秆慢慢燃烧
怒放的光热，把米浆烙成一张薄饼
然后切细、浇上臊子。那时
风也变得馋嘴，它从纸糊的窗子
溜进厨房，急着想把粉的馨香公之于众
从年前到年后，锅巴粉一直担当主食
它在胃里一次次蠕动，分解成
庄稼人特有的属性

稻草人

已经把头埋得很低，弯腰的稻子
还是逃不掉，秋天冰冷的剪刀

像滔天的罪犯，在瑟瑟的风中问斩
横七竖八，尸体一具具躺着

秋收后的村庄依然是一个空巢
年久失修的仓库，怎么装也丰盈不了

祖辈们用修炼一辈子的法术，让
稻草起死回生，一动不动站立在田埂上

从远处看，村子依然很热闹
田间劳作的人也还不少

其实，它们只是守夜打更的人
守着短促的鼾声和浅浅的梦

昼短、夜长……

月夜中秋

每当桂花吐香
儿时的记忆就开始涨潮
将一枚枚贝壳，涌向沙滩

月夜下，我躺在奶奶的怀里
听她和爷爷一句接一句，讲述
天狗食月的传说

柴房的狗吠，唤来乌云
给月亮戴上一层面纱。片刻黑暗
让我惊叹于它们神奇的魔法

闹着要喝的桂花酒，奶奶只用筷子
沾了一滴，我就醉了。醒来后
月亮，就成了我手里啃食一半的月饼

离开村庄后，我
始终像一条流浪天狗
在中秋的夜里，啃着故乡的月亮

冬天的脚步

比春天早，比秋天晚
在落叶跳完华尔兹后到达

昨夜的微霜，藏着它来时的路
被一米阳光漂洗得洁白

那时候，松鼠正从树洞中探出头
企图窥探到这个季节的奥秘

去封冻的田野里寻一些秕谷
到村口张望远行的人是否回家

留守的候鸟和温驯的野狗，在
雪地上留下几行印迹

或深或浅，一直向前延伸
彳亍成冬天的脚步

六景溪的庄稼

六景溪的土壤中，肥力缓慢但均匀
作物不会为抢夺养分而伤了和气
群山怀抱的水田旱地里
生命不会刻意拔节去追赶光阴
关于成长，它们恪守自己的主见
只要出于自然，四季就无法限制它们
毕竟其他因素都太过客观
而它们的哲学是——客随主便
播种迟，收获晚。它们
似乎永远与物候规律格格不入
头发花白的爷爷却知道
迟缓与沉淀之间有一道永恒的等号

牛　铃

暮色苍茫，乡间的小路上
牛铃声慢于心跳。一步一声
停顿间，能听到蛙鸣为谷物做的祷告
我的步子比小时候更快
城市生活，让它始终保持加速状态
一次次踩到爷爷的鞋跟，以至于
不得不让牛铃将我的节奏摇曳下来
“叮铃，叮铃”，清脆之外
我听到更多的，是返璞
梵音中，山村永远是一只彳亍的蜗牛
慢，是它面对城镇化挑战时
最快的速度

一封家书

忽略格式，忽略称谓，省略邮编和地址
这是一封注定无法抵达的家书，也许
漫无目的才是它最大的意义

该从何处起笔，又该在何处署名？不得而知
权且交给纸和笔去自行决定

写几行给童年的自己吧，报喜
他曾经站在云盘山顶极目眺望的远方，我已
替他如期到达；这里书香四溢，却也
乌烟满天。多么幸运，我并没有迷失
眺望，仍然是我最习惯的姿势

写几行给圈里的老黄牛，问候
它脖子上的老茧，是否又被木枷蹭破
谁在为它悉心敷药？它是否还记得
哪里的草料最肥，谁会在夜里起来给它喂水
耳畔，铃铛声依旧空灵、舒畅

写几行给缄默的山村，致敬
贫穷和蛮荒，没有让它感到恐慌或浮躁
开山、劈石、架桥、修路，它用这些动词
凿穿闭塞，引来源头活水

回首，西南方向的余晖，泪眼婆娑
纸笔哽咽后，我就在风中朗诵，在梦里
嘶喊，并请风和梦作为信使

为了它们能如期送达，我决定派出生命中
唯一一次——八百里加急

庄稼人

他们的一生，是一本厚厚的书
由生命的最后一声啼哭执笔写完
粗劣的纸上没有文字，一切只用标点表达
皱纹，纵横交错，像一条条波浪线
反复标注勤恳，这个安身立命的重点
没什么比花白的头发更触目深思
这些稀松的感叹号，控诉着岁月的无情
越来越弓的腰，是铁犁压弯的问号
关于庄稼和黄土地的关系，他们一直在思考
省略号与肌肤上的老年斑高度契合
但生老病死，却无法删减或省去
直到生命垂暮他们才戛然停笔
谦卑，赤诚，邀请身后的旧时光代为作序

草　鞋

稻草、棕榈片、旧布条
要怎样一双精巧的手
才能使这些废料，焕发青春
爷爷的手在草鞋耙上来回穿梭
一袋烟的功夫，就变出金色草鞋
可这么多年过去了，它
早已过了被人暗送秋波的年龄
只有在遥远的山村博物馆
爷爷至今还会温故这门手艺
滚烫的时光在爷爷身上留下无数烙印
他摊开粗大的手掌，阳光下
我看到一群蝴蝶，正破茧而出

k724 次列车

这天梯的尽头，诱惑之焰一直燃烧
灰烬的余温，唤不醒一粒装睡的种子
k724 次列车走走停停
他乡、故乡，在车轮下滚滚向后或往前
与远去的山水一一告别、致谢
像不断攀爬的蚂蚁，我们
每到一站，生活似乎就前进一格

超　人

七岁辍学，他把自己交给山野
用牧笛和山歌，赶跑知识的蛮荒
十岁丧母，十五岁丧父
生活的灰暗让他变成超人——
泥瓦匠、木匠、篾匠……
七十五年，两万七千多个昼夜
这期间，生活有多少次变革
他就跟着变多少次身
爸爸、爷爷、太爷
他的身份还在继续更新
把超人变身的技能，传给
一代又一代

代表作

顺德叔识字不多
延续香火的紧箍咒，却
威逼着他笔耕不辍
不满意之前的五件作品
他甚至怀疑纸张的酸碱性
四十岁那年冬天，婶娘
生下一个大胖小子。于是
百日宴上，他逢人便说——
“快看，快看，这才是我的代表作”

祭　发

他的头曾击断过砖块和铁片
坚硬,是他唯一认可的武林绝学
在黄土地上过活,有多少荆棘丛生
他就有多少次硬着头皮上

没有休耕轮作,没有间混套作
头顶的这片土地,他只用来种植生活
显然,生活的根系远比头发发达
由于营养不良,后者只能提前脱落

无论开多少张补铁良方,都不能
挽救掉发的颓势。因为惯性
所有铁素进入血液后就自动淬火成钢

仅剩的一绺头发与身体一同
化为灰烬。太爷生前礼佛
用火祭发是他闭眼前参透的涅槃

蜗牛赋

不要问我为何
驼背弯腰，彳亍独行
为了防止旅途中灵魂无处安顿
我把整个世界都扛在背上

爬山虎

名中带虎，却内敛、文静
它们把所有的兽性都用来抵抗时间

从吊脚楼下一直往上攀，二十年来
爬山虎生生不息，改造老旧的木瓦房

着生于陡峭之上，它们渐渐练就
耐寒、耐旱、耐瘠和耐修剪的本领

由嫩绿爬向枯黄，此间很少直腰
爬山虎顺着生活的墙壁，爬上时间枝头

这不得不让我心生敬意，在它们身上
仿佛藏着与祖辈们似曾相识的一生

不经意间，爬山虎就变成了皱纹
身后的日子是它爬向额头时长出的触角

制　瓦

泥巴的黄，是一种生命底色
为了不被生活过度洗涤而褪去
就要碾碎，用水调和。再借助一头牛
的四肢，把坚硬和韧性摁进泥的内核
弓子用弹力切割，弦把一片瓦
所要担负的使命精准地射入泥里
然后敷在模具上定型，匠人的腰身微曲
计算出一个最理想的弧度，植入毛坯
青岗木炭，贡献毕生的燃烧值
土窑里的火热，是它们生命的最高温
此后至冷至热对瓦来说都不会过虑
铁青，是一层可以随时调节温度的肤色
炙烤让山村的瓦有了高度，或立或躺
它们都有大山一般的气概

拣　瓦

木瓦房没能逃脱时间蛊咒
柱头和房梁再也隐忍不住疼痛
它的身子，就一年比一年斜
接连几天都有瓦片坠落，脆响
让我误以为竹节又被冻裂
也许寒潮将至，而这正是一种预报
借助云梯上到房顶，爷爷要在
大雪来临前给瓦片们翻翻身。因为
它们都上了岁数，患有骨质疏松
瓦上霜，注定存活不久，拣瓦时
爷爷曾用双手重启了温控阀门
瓦片将用一生的积温来反抗严寒
拣瓦，是专属于山村的修辞
只有庄稼人能常用常新

瓦　舍

土，处于五行之末
而在一间瓦舍的结构中
它除了本身，还是金木水火
能容，量大，不一定是海
瓦也可以。只要它们彼此拥抱
就能收留无数生灵，供安身立命
一片瓦，是至阴至阳之物
而黄和青是坚不可摧的内外核
年岁久了，就用坠落提醒主人去检修
我对每一片瓦都心存敬畏，因为
受过太多苦难的人死后没力气升天
而瓦舍，是祖辈们唯一可以爬升的高度

洗河澡

再过十几个钟头，旧年的大门
就将被时间永久关闭。同时
一切陈腐之物，也都将被拒之门外
因此，我们必须赶在太阳落山前
用河水洗净生活强泼于身心的污垢
25℃，晴，阳光慷慨、友善
它把温热赠送给冰封已久的河流
赤裸入水时，我们像一群鱼鹰
未能得到满足的贪欲，受到流水
的一一安抚。疲倦，隐藏于血液中
是需要清除的另一种顽固污渍
冰冻、烘烤，冷热交替的抒情后
我们的躯体部件焕然一新
在某一瞬间，我感觉到生命被重新定义

血　汗

四十度的高温，像一个水泵
把血液从血管中抽出来
并在流经毛孔时，与汗液混合
那时，爷爷会选用一支山歌作催化剂
这个反应的产物很多
片刻的舒缓，是他最满意的一种
像注射了一剂麻醉药似的
他总在伸直腰身时，失去痛觉
血至碱，汗至酸。它们
彼此的特性，并不能被完全中和
我并没有信口开河，关于这点
爷爷额头上的沟壑和老年斑可以证明
血汗从下巴往下滴落
锄头扬起尘土，增大它的加速度
庄稼人不懂基因工程，却用这样的方式
把自己的血性导入到植株体内
此后，庄稼会有祖辈的意志
能抗倒伏，抗旱涝，抗一切病虫草害

石　碑

从矿山运回的石块，带着
粗野的属性。老石匠用凿子
镇压每一处凹凸不平
一辈子四处碰壁的祖先们
九泉之下，请务必学会圆滑
人走灯灭后，不再需要棱角分明
生前未能见到的人丁
现在，都用自己的姓名代替肉身
并按长幼顺序，跪于碑面
此后，石碑饱经风霜，变成一本
户口簿。长眠荒丘的祖先，若有人
前来盘问身份，就用子孙的名字回答
父亲，爷爷，太爷……我们口中
的每个称呼都足以让刁难的人毕恭毕敬

祭　扫

双膝跪地，点燃一摞
爷爷用毛纸制作的钱币
然后焚香、磕头，给祖先请安
燃烧，是向阴间汇款的
唯一方式。而灰烬
是他们取款过后的回执单
单子上没有填写金额，也没有
指定银行。他们被大山困了一辈子
天国的一切应由他们自己决定
祖先们生前受过太多苦难，腿脚
大多不太灵便。因此，我必须长跪
确保所有款项都被领取完后才能离开

神　龛

大多数的时间
祖先们都不在神龛居住
曾被生活囚禁一生，云游四方
就成了他们泉下生活的首选
每逢节日，爷爷摆好
供奉的食物后，总会燃纸焚香
再敲三下磬。磬音变成无数信使
恭迎祖先们迅速归位，享用人间烟火
这么多年来，他们一次也未曾缺席
其实，山村就是放大版的神龛
而外出不归的都是真神。他们的耳朵里
装满繁弦急管，听不到磬音的召唤

第三辑

未安枝

运动场

扩胸、振臂、体转、压腿……
有阳光出席的日子里，老人们
总是想方设法让身体变得更舒展
他们慢慢脱下棉袄和棉裤
身体上留有岁月的一块块刺青
颜色的深浅，让我读出时间的罪行
顺跑、逆跑、侧跑，他们
像一片移动的向日葵。企图
让每一寸肌肤都得到阳光的亲吻
顺着毛孔开合，光照和汗液
交替进出。颈、肘、腰、膝……
自下而上或从上到下，被一一打通
暮色苍茫时，运动场上
奔跑的老人们幻化成一棵棵塔松

纸飞机

裁一张白纸
写下一朵小小的愿望
翻折后，长出一对翅膀

哈一口气
给它最初的动力
童真、童趣，从手上起航

顺风也好，逆风也罢
不要过多担忧

来年向阳花开
它一定如期归来

毕业礼物

(一)

许愿瓶里装着
稻谷、小麦、玉米
还有几句简单、真诚
的祝福和嘱咐……

在六月毕业，收获
一切刚好和这个季节契合

经年之后
这个瓶子或许就是
一个时光锦囊

当我分不清生命的原野里
生长的是猪殃殃
还是看麦娘时

瓶子里的种子也该萌发了
它们会用嫩绿告诉我……

（二）

这别离的季节，林荫道上
梧桐树的叶子正茂

随便采摘几张
写下或深或浅的祝福
作为毕业的礼物

等到它们叶子变黄
就夹在书里
那时候
它们已然变成一张张支票

生活会一一兑现
所有的愿望和祝福……

（三）

别离前
我要私人订制几张明信片

不要文字，不要楼宇
不要烟柳池塘，不要小桥流水

就装几亩四季轮作的田野
我最后种下的棉花、水稻、玉米
还在疯狂地生长

草地上的含羞草和四叶草
也要定格在焦距里
它们
一个教我矜持，一个给我幸运

然后用麦子的秸秆做一个相框
把它们一一收藏
这样，至少在明信片泛黄长虫之前
我不会忘记，在
田野里分辨麦子和稗子的时光

梧　桐

头发掉得太多，仅一夜
梧桐树就险些秃顶
枝头剩下的几张黄叶，凄楚
怅然，像错过花期的蝴蝶
林荫道上留着流浪猫狗
在夜里匆匆勾勒的山水写意
早起扫地的阿姨用笤帚题字赏析
然后人群开始熙攘，脚步盖上印章
严寒没能封锁住校园的热情
皲裂的梧桐，微笑着在风中鼓掌

雨花石

云光法师，那
通天的佛法
是一剂无色无味的
催泪散
自打南朝服下
眼泪，就不停地流
一滴又一滴
落在金陵古都的大地上

几百年来
泪水生长开花，结出
多彩的玉石和琥珀
吊坠、手环、佛珠……
都来自它的千雕万琢

它的灵性
是天地间的虔诚
日月的光华
为它披上一件无形的袈裟

沉箱亭

石碑上的字迹有些斑驳
一种错愕和悔恨却清晰可见
这场不期而遇的雨和瑟瑟的风
像是几百年来，未曾放弃的控诉
试图找到十娘沉箱的位置
杂草和建筑挡住了我的去路
茫茫的江面一片沉静，百宝箱
把汹涌和澎湃关在江底
从良是一次冒险赌博，她孤注一掷
试图从封建礼教中赢得一份爱情
命之不辰、风尘困瘁，她的梦
在这两个词语中支离破碎
折磨、蹂躏，这来自身心的苦痛
纵身一跃后得到解脱。还在故事内
我们的传颂和瞻仰，都只是一处伏笔

瓜洲古渡

不仅仅是书法或汉字，这
更是时光的反复雕刻和摩挲
摸着凹陷的槽子，我的手
仿佛正在感知一段岁月的变迁
像一个缄默的守望者，它
在雨中矗立，面对那涛涛的江河
一个废弃的码头，向前延伸
在破旧的石板路上，似乎
依旧能感受到以前的熙攘
风从江面吹来，带着淡淡的鱼腥味
行李箱里也许还装有一张旧船票
可过往的船只，已不再靠岸停泊
那不时响起的汽笛声，依然
在反复地强调着曾经的热闹和喧嚣
像历史的再次涨潮，江面水位越来越高

唐　槐

不敢直呼你的名字,因为
我不能确定自己的发音
是否与千百年前的古音一致
从驼岭巷一步步向你靠近
每一个脚步都穿透历史的云层
变得越来越清晰
石碑上的文字,散发着愈久弥香的诗词歌赋
或怅然,或释怀,仰视
是我与你促膝神交时最恰当的姿态
岁月把沧桑一一刻在你的身上,褶皱
就成为你最信赖的发言人。如实、巧妙
它替你回答一切关于光阴的故事

芍药园

沉寂已久的蛊虫，被春天唤醒
它在体内不断分泌的情花毒
随着血液流向身体的每一个部件
急需找到解药，我来到这片芍药园
乞讨春天的最后一杯美酒
满园的花色和清香，一样也不肯错过
为了满足内心的贪欲，我同时派出
视觉、听觉、嗅觉、味觉和触觉
这些不同的感官，兵分五路
护送别离草发往我体内的八百里加急
一阵风从脸庞掠过的时间
不见风尘滚滚，也没有血雨腥风
蛊虫，弃恶从善，接受五月花神的招安

苗王古驿道

多少年了,石碑一直站在这里
为来往的游客介绍驿道,从不喊累

人群越喧闹,它就越缄默不语
闹中取静,教我们不曾具备的本领

肉眼看不到的时间,也会饥不择食
日复一日,啃食着残垣断壁

野花和野草先于我们到达
它们酒足饭饱后,在驿道上小憩

我把脚步放慢变轻,生怕踩疼或惊醒
商旅在这里打马而过的旧时光

苗王陵

关于陵墓的主人
我的思绪已无暇顾忌
王者的风范，通过风物和空气
抵达我的感官。臣服是唯一的选择
不是幼小的植物或者庄稼
苗，是我们这族人的唯一姓氏
不懂苗语和苗话的本族人
难免会有些心虚，担心
被惩罚或放逐。可一切都是多余的
王的微笑里，满是宽宥和谅解
苗王、德旺——我知道
不管是哪个名称，都是诚挚的期许

苗王坡

是苗王的恩宠
是时间和空间的一次倾斜
以至于，在这古老的战场上
苗家人从来不知道什么是败仗
没有谁测量过坡角，过大或过小
都会混淆人们对坡的认识
徒步攀爬时，坡一直很安静
轻轻扭动腰上的呼啦圈
试图掩藏，埋在树林中的心事
可春天是一如既往的直爽
一个个词汇，从枝头脱口而出
把苗王的秘密告诉我们

遥望洞庭山水色

掬一抔湖水，似乎
就把诗情画意捧在手心
波光粼粼之中
回放着刘郎游湖泛舟的画面
近观，远望。然后，一挥而就
把湖光山色，原封不动地搬到宣纸上
那白云盘里的一枚青螺，依然
带着淡淡的墨香
在时光的摩挲下变得更精巧
站在洞庭湖畔，没有沉郁或悲凉
它们早已被螺号声，赶到烟波浩渺之外

残　荷

池塘在零下变成一面镜子
反射月光，也反射零星的温度
枯黄，或灰黑的荷叶，是
老旧的果盘，盛满皑皑的雪
它根部仅存的绿点，像叛逆的刺青
凛冽、刺骨，风从不同方向袭来
几根水草，匍匐、朝拜
雪更紧更密，下达最后通牒
残荷弯下纤细的腰，左右摇曳
用沉默告诉世界，它与冬天
存在某些不可调停的过节

在邓稼先故居

国歌激昂，再次
把我体内的血液煮沸
每鞠一次躬，我似乎都能听到
来自血管里的万马齐鸣
进献花篮过后，雕像的微笑更慈祥
他不朽的金身散发着至上的荣光
我擦净手上的灰尘和汗液，再与他握手
以免给他带来不必要的实验误差
他的手掌冰冷、硕大，每一个老茧里
都驻扎着整装待发的千军万马
蘑菇云一旦盛开，就永不凋零
和平，是它吐露的花语
在他面前，所有文字都苍白无力
因此，当热泪滚落到嘴角时
我并不急于擦拭，味觉
让我尝到了自己的愧疚和无能

原子弹

只有在梓潼县，在两弹城
这道面筋丸子才能称作：原子弹
一口咬开，就触发了引爆装置
瞬间，从口到食道再到胃
受到不同层次的
光热辐射、感生放射，以及冲击波
常年固守在体内的厌食因子
被一一歼灭。因为这枚原子弹
我的食欲和餐盘，签订了永久和平协议

帝　乡

书法、建筑、古树、乐曲……
在帝乡，我只恨自己不会分身术
否则就可以细细咀嚼，吞下这些在
梓潼孕育并移栽到四方去的文化元素
相机之外，我还加派出所有感官
让他们兵分五路，替我征收更多食粮
我不确定幻觉算不算第六感
但在我关闭双眼，屏气凝神的那刻
关于这里的兴衰史，没人比我看得更真切
供人跪拜的地方很多，我的膝盖
却由于信仰的短暂缺席而从不肯弯曲
也许，有时候心动比行动更加真诚
毕竟这世间，表里如一的巨人并不是很多

大明寺

这些天,我的指尖和思绪在经书上
不断前行赶路。疲乏,使我急需一个
像驿站一样的地方,停歇
关于去处,心和脚的想法是否一致
我不得而知。想必它们都会
听从钟声和梵音的指引。在香炉前驻足
进香的信众双手合十,把罪与愿都告诉经书
目送着一柱香在燃烧中涅槃,我把
青烟和灰烬分别命名为:前世、今生
想做一条木鱼,在诵经声中皈依
受想行识,却拒绝为我剃度。或许
是六根不净,或许是做不到五蕴皆空
因为我仍渴望并痴迷于实心的爱
爱一颗饱满的稻谷,爱一株看麦娘的瘦弱

渔舟唱晚

靠在岸边，是
夕阳唱晚的一个归字

在水波微漾中卸下身上的担子
还未风干的水渍，记录着它的辛劳

这是一艘老旧的渔舟，我试图
用双手去感知它年轻的样子

寒鸦声，在树梢起起落落
唤醒一根竹篙，对于青春的回溯

浮　桥

不过是几种力的相互作用
不过是一些废弃物的相互捆绑

因为水的原因，它承载了
数百倍重于自身的物体：游人、钓竿
此外，还有人们内心的种种欲望

卸下积聚日久的负累，我站上浮桥
目光凝视着远处。我不动，北湖秋色
却一片一片朝我走来

芦苇丛

微风中，我更愿意
把左右摇摆的芦苇当成旌旗
而水天相接处的落日，是战鼓

深秋的北湖，是我寻觅已久的战场
体内一些许久未能解决的争端
只能交给无数个“我”去短兵相接

注定是没有胜负的对垒，在芦苇丛中
野鸭教我怎样对自己解除警戒

廊　棚

濑水，这带屋顶的老街
在靠背长凳上歇息，我看到时光的脚印
正深一行，浅一行落在青石板上
往来的游人在雨水滴落的瞬间实现穿越
他们轻摇折扇，让书画的墨香在空气中氤氲
河中的水被再一次煮沸，灵动、翻滚
雨和水，融入彼此的肉身和灵魂
渐渐升起的水雾，是一种以柔克刚的碰撞
关于廊棚的传说在耳中催生神秘情愫
走和停，是一对互逆的命题。这
向往已久的地方，给我解读的却是慢的哲学

子夜歌

船行水上，摇桨人
为我清唱一首子夜歌。自由和清亮里
我听出桨与水激吻时的洒脱
落秧歌、放鸭歌、送粮歌……只要是
由吴侬软语哼唱过的，都有水一样的柔情
水乡的村庄，是杰出的画家
一幅天然山水，在眼帘上呼之欲出
顺流而下，或逆流而上
我所追溯的不过是自己在生活中
遗失已久的慢和静：关于时光的掠夺

麦芽塌饼

赤豆、白糖、核桃仁、糯米粉……
我知道我所列举的是一份非完全配方
缺少了西塘人独有的柔情和水灵
以及长在西塘田边的一剂草药：镇咳、祛痰
佛耳草带着恩光而来。麦芽的体内
暗藏着锋芒，它要一一刺破食材间的隔阂
牙齿和舌尖谁先接触到这块饼
以静制动——沉默的味蕾从不争辩

秦淮夜色

逆流而上
或顺流往下，画舫夜游
秦淮的夜色渐次绽开

青砖、黑瓦、白色马头墙
在秦淮河的碧波中荡漾、跳跃
秦淮二字，让一切建筑透着墨香

画舫里，船娘穿着古装
在琴瑟中启丹唇、舒广袖
为千年前的商女洗清去冤屈

燕桥头挑起的红灯笼，为我照见
李香君的肝胆。她复明的
最后一滴血，染红的不仅仅是桃扇

每过一座桥，就穿越一次
在江南贡院的码头下船时，我隐约听到
有人在锣鼓和鞭炮声中叫着我的名字

十字街

关于飞碗和王记的区别，我至今
仍然没有弄清。一个在左，一个在右
像一条河流两岸的不同渡口
摆渡过遗失灵魂的人
夜幕未暮，流动店铺开始营业
退去的人群再度涨水，把夜涌向高潮
没什么比青岩豆腐与啤酒更般配
蛋白和乙醇在体内相互坦诚
那时，许多未曾公开过的青春密码
被酒杯中的夜色逐条破译

十里河滩

我曾用双腿和感官反复丈量
它用广袤和深远告诉我
“十里只是虚指”
骑车、步行，或只身或三五成群
进入这片滩涂，就远离了
试卷和书本的纷扰
在花溪河边喝酒，微醺之后
就席地仰卧着默数天上的小灯笼
猜测它们的微光聚集时能否把远方照亮
草香和花香收留我们流浪已久的睡梦
考试被暂时关在河滩外，喧嚣也无法进来
宁静像溪水，静静地往全身流淌

夜市街

小城的高烧终于退了
由昼伏夜出的人群和车流接管
鸣笛声、嬉笑声、叫卖声……
小小的山城，用分贝解读盛夏的喜悦
从夜市街的一头踱到另一头，我
弃用所有感官。仅用跋涉过山河的双脚
去走访调查夜里的幸福指数
这期间，我有过三次驻足：往流浪歌手的
吉他箱里放几枚回馈；捡起脚下的钱包
原地等到一颗行色匆匆的粗心；以及
在一个有视听障碍的女孩手里买一只气球
微笑，微笑，微笑。这是夜里
生命所表现出的不曾变动的底色和底数
整个夜晚我一句话也没有说，脚下
不断延伸的路却告诉我——“走走停停
脚步声会回答什么是指数爆炸”

实验田

如果不刻意提醒自己
一定会误以为，这就是春天
在实验田边，我经常
会产生这样的错觉。小麦
大麦、猪殃殃、看麦娘……它们
使劲顶开头上的泥土，月色
的清寒或温暖，全然无暇顾及
不断向高处伸展，踮起脚尖
夜里的绿色，格外耀眼，一片片
像种在地里的星星。而天空
早已被洗劫，仅剩一个半亮的灯笼
只需要一个豆大的光点，就能
听到极其细微的声音——采食光照
比花开的时候更低、更小

鹅卵石

流水不断切割、打磨
然后交由鱼虫虾蟹抛光
圆润、光滑是后天养成的脾性

赤脚涉河，卵石挤压脚掌的穴道
它们用曾有的锋利透过老茧
足疗，解除我长途跋涉的疲倦

枯水期，鹅卵石静静地躺在河床上
仿佛在等一米阳光，或
等一个特殊的日子进行孵化

有时，千斧万凿会给一块卵石显赫之身
声名鹊起，宠辱不惊。它明白
世俗的目光和镁光是最狠毒的刻刀

我坚信，河水是卵石的眼泪，装着它
一生的情愫：悲或喜，浅或深……

天　桥

无论肉身还是灵魂，每当感到
无家可归时，我就到天桥借宿一晚
居高临下，我可以暂时俯视灯红酒绿
流浪歌手的嗓音，除了沧桑之外
还带有某些未知的金属元素
它们与风混合，发生剧烈的化学反应
一定有人急着追问产物的名称
其实，没人知道。但有一点可以确认
——孤寂或苍凉，无处遁逃
有人摆摊，叫卖一些细碎的时光
相面术士反复记查看来客的五官和掌纹
此间热闹种种，与川流不息相互鄙夷
再没有比天桥更大的收容所，这里
不用登记个人信息，没人前来盘查身份

阿东理发店

低矮，老旧。我向来把它看成寺庙
阿东担任主持，十年如一日
除了剃刀外，我拒绝使用其他器具
我的头发像一畦韭菜，只能刀割
剃刀的刃，刚劲、锋利
它把莫名的烦恼和不安统统剃去
多么像一次出家，然而我六根不净
杂念总会如野草一般钻出头皮
作为云游四方的苦行僧，我无计可施
只能定期归来，静等再次五蕴皆空
当发际线退无可退时，我隐约能感受到
时间会亲自操刀，为我完成最后一次剃度

26 路公交

在这陌生的城市，我又一次
流放自己。由两枚硬币负责押解
随机发配到任意一个角落
夜间，这样的想法突如其来
使我不得不临时起意
给自己罗织一些莫须有的罪名
我在梅岭站下车，四月初的夜晚
妖风肆虐，给我带上刑具
所幸梅花怜我，把傲骨移植到我的体内
作为自己的无冕之王，我有权
赦免罪行。也有权在回程公交车上
把王位传给刚服完苦役的自己
这一切是否真实，已经
无从考证。唯一可以断言的是
——谁爱做梦，谁就会把它当成呓语

第四辑

刹那记

立 秋

又一场收获开始
喜悦,也将持续整个季节
稻子全都低着头,骄阳胜火
教它们变得谦逊和稳重
梧桐叶从枝头脱落,在风中旋转
变成一只翩飞的蝴蝶
寒蝉声,带着莫名的凄切
玉米抽雄吐丝,棉花开始结铃
生命也随着季节一起破茧
三化螟、卷叶螟,还有灰飞虱
专业实践课上,讲授水稻的老师
正在用粉笔给它们量刑。扛着
重于自身的食物,一群娇小的蚂蚁
忙着在雨夜来临前贴上秋膘

白　露

鸿雁来，玄鸟归
刚好是迎新季，文汇校区
获得来自天南海北的活力与朝气
种田、画画、或制衣……
在这肥沃的土壤中，汗水
让每个微笑都变得更有意义
清晨的玉米地，马唐
丛生，挡住前行的去路。叶片舒展
盛有几行晶莹剔透的眼泪
讲授茶道文化的老师，给我们
各倒一杯清茶。比不上春茶鲜嫩
也没有夏茶苦涩，白露茶
散发着这个季节的甘醇和淡雅
而白露为霜，成为生命中的一种沉淀

寒　露

连续一周的秋雨
把缠绵，解释得淋漓尽致
到实验田里采收玉米，等不及放晴
台风走后，依然保持坚韧和高挺
植株的气节像竹子一样
在幽深的玉米地里，人总显得
太过渺小。仰望，是最佳的姿态
果肉的诱惑是甜美的怂恿
刚采回的水果玉米，在大雨中
被抢购一空。汗水和雨水内外夹击
湿透肌肤，这时我才察觉到
云层中的寒气正一步一步，向我迫近

立 冬

给四季轮转的最后一站写序
寒冷只是其中的逗点
策划、讨论、修改，油菜移栽
从纸上，一步步走向田间
犁地、整地、开沟……向
学院承包的半亩方塘，成为
农学专业学习的第二课堂
土壤黝黑，有一种
泥土的深沉和牛粪中的草香
汗水顺着毛孔，排出
积聚在体内多年的懒惰因子
酣畅，是劳动回赠的幸福
在风霜来临前完成变身
我将和油菜一起接受生命的检阅

霜　降

实验田里刚破土而出的麦苗
在夜间悄悄披上银白服装
田埂边的稻草堆里，一只流浪狗
蜷缩着瑟瑟发抖。睁不开眼
它后腿伤口的血迹也还没有干
娇小、瘦弱，像刚刚逃离一场追杀
兽医专业的朋友帮忙包扎，给我
一些消炎药和绷带。接下来的一周
我是它的监护人，喂食、换药
再搭一个避寒的窝。后来
它不再流浪，成为文汇路校区里
我的另一个好朋友。霜降
寒潮还没有来，粗糙或简单
爱，必须是秋天的句点

小　寒

对小麦、油菜、蚕豆的考验
才刚刚开始。严寒，像是
即将来临的期末考试
追施冬肥，撒施草木灰
这些都得在回家之前完成——
老师说搞科研，就得
把每株小苗都当成孩子一样照顾
用稻草和玉米秸秆做一个假人
让它站在田边，守望着田野
从大学回到家乡的过程，不过
是换个心情，向着另一片土地迁徙
四年或更长的时间后，我
早已属于田野的一部分。作物或
杂草，都是未曾公布的隐私

我听到伤口在喊疼

雨夜，枪伤复发
秋风瑟瑟里
有她隐忍不了的疼痛
八十五个年岁过去
她还会跌进过去的噩梦
一颗子弹嵌入身体，痂
成为深刻永久的记忆。她
享受没有伤痛的感觉，因此
要选择一个日子揭开伤疤
一阵鸣笛，唤醒一些耻辱的光阴
再一次，她把伤口敞开、关闭
用三分钟的时间，讲述战争的罪与罚

朗　诵

打开嘴巴，就打开了保险
舌头做的撞针，柔软、坚韧
碰出零星的电光火石
喉结抖动着，抠下扳机
腹中的子弹从枪膛一一射出
或快、或慢、或远、或近
根据射击目标随时调整
荷塘解冻，游鱼透出水面呼吸
柳树植上新皮肤，治愈季节的刀伤
布谷鸟撕开寒冷贴在嘴上的封条……
我的子弹，陆续解放张謇花园
也有硝烟弥漫不到的地方
比如自己依旧被囚禁的无人岛
那里阳光无法抵达
寂寞草一茬接着一茬，肆意疯长
以至于很多时候，朗诵
只是我在清晨悄悄地放冷枪

垂　钓

独坐在张謇花园的木椅上
月光把我的影子拉弯
一端卡在木椅上，一端抛到荷塘
试图从池中垂钓起一些久违的生机
要钓到睡莲的冗长的梦
它必须尽快醒来接收盛夏的果实
钓起小鱼对水面外的憧憬——
用鳃聆听草木的呼吸并产生共鸣
钓起尘封在水底的誓言或信物
月色撩人，它不甘只是夜晚的独白
要钓起属于这根鱼竿的思绪
它的肉身和灵魂要高度契合，相依为命……
也许这池水没能躲过去年严冬的追杀
或是我的影子不够肥美。以至于
我准备离开时，除了鱼竿本身
水中依然死一样沉寂

记一次报修抢单

在秋风盛行的季节报修门窗
这一次，没有山长水远的等待
次日清晨，修理工来得很早
挎一个工具包，他用刀锯
和几颗钉子，把有窟窿的门打上补丁
用强力胶水让裂开的玻璃重新愈合
自此，寒冷的风无空可钻
他用半个小时，完成一次配送
一次线上的抢单。“早起的鸟儿
有虫吃，手慢的匠人要饿死”
他用这句俗语回应我的感谢
抢，改变了早的词性，当他的背影
消失在楼道的尽头。我决定赶往图书馆
并在日落之前，完成拖延已久的抢单

愤怒或火山

海纳百川，却丝毫
容不下地缘深处的半点儿愤怒
它试图进行一次物理或化学反应
希望用碱水招降这不安之火
然而，水与火的死结
仅靠大海的气度永远也无法解开
高温、高热，煮沸同样从不安分的水
蒸腾而上的浓雾，算是短暂的和解
一腔怒火，面对一片汪洋时始终孤立无援
怒吼：火山沉寂太久，不再忍耐

镜中人

当我感到孤单
就会往镜子前面站
那个被克隆的人
总是模仿我的动作
跟我唱同一首歌
等到时光把焦距拉长
孤单越长越大
我连忙在墙上挂满镜子
屋子里人海人山
我该感到热闹，不是么
可我已分辨不出
哪一个是真正的自己
镜中还是镜外……

扁桃体

无形之火在夜里被点燃，狼烟四起
乱蹿于脉络之间。作为免疫的边防要塞
扁桃体，抵挡不住烽烟里暗藏的千百支利箭
病毒大肆进攻，突破层层防线
我紧贴墙壁的耳朵听到体内的烧杀掳掠
战火还在向其他地方蔓延，血液被一次次
煮沸。疲软、晕眩、举步维艰
我拖着孱弱的肉身走到医院。挂水、吃药
医生派选青霉素和阿莫西林星夜驰援

散　步

没人做伴，我就牵着黄虎一起出门
晚饭后的江滨公园，一个人散步
多少显得有些孤影自怜
一直以来我都不同意遛狗这种说法
因为有时黄虎走前面，拉着我
有时我又走在前面，牵着它
因而我们之间很难说清
谁遛谁。当然，我也没有深究
毕竟我们都有着相同的目的——
是的，让彼此慢下来，在曾经
行色匆匆的小路上等待更久之前
在阳光下蹒跚学步的自己
黄虎依靠嗅觉，而我，只能用
长满茧子的触觉。我们在同时驻足
的一刻，判断能否与当年的脚步重叠

雨中漫步

先于我们到达的是一场秋雨
缠绵，提炼出瓜洲的诗意
一行撑伞的蜗牛，彳亍
用双眼的焦距定格每一片风物
树屋玲珑，极像外婆家的吊脚楼
只是缺少了堆放的柴草和啼叫的牲口
秋叶落下，在雨中翩飞、起舞
像集体出游的蝴蝶
我们的头发，像河岸边的水草
在萧瑟中摇曳，思绪却异常清醒
脚步很慢很轻，害怕打破雨的宁静
雨中悠然，每步晕开的水波
都是一个跳动的音符
虔诚地，把自己交给脚下的
每一寸土地。我们
就成为景物描写的一部分

夜　雨

不必诧异，春色涌动时
我选择用耳朵去观赏一场夜雨
风慢条斯理，讲述从别处听来的故事
三月发育不良，等待一剂显微注射
在这个灵异的夜晚，我
修炼成某些失传已久的法术
感官，是我的分身
春天远道而来，风尘，仆仆
无数个我，守着无数条阡陌
夹道迎接

枯　坐

太阳落入山河之后，我的肉身就停止光合
体内积累一天的光温水热，足以
让我静下来，像一棵松一样枯坐一宿
在文汇路的实验田边，蛙声诵念土壤的经卷
我听到稻香照见五蕴皆空，谷壳把空和色
隔离在苦厄之外。黑夜回放白昼
我开始追忆一株枯死水稻的生命历程
想到拔节、灌浆，我似乎
就能听到它遗落在田里的剧烈疼痛

晾　晒

须晴日，这个词语才能存活
一些旧物被时间解禁，从箱底
来到阳光下。棉被、衣裳、老相册
这些父母爱情的见证者，在砖瓦房里
待得太久。潮湿，让它们大多数
都患有不同程度的风湿病和关节炎
在古老的山村，穿过晨雾后抵达的阳光
带有神秘而巨大的功效。平房楼顶
时光摁下后退键，让祖辈们得以逆向生长
他们排排坐，像一群乖巧的孩子
等待糖果。午后，光热打开他们体内
年久失修的温控阀门。寒气，无处藏身
同样需要晾晒的，还有一些
经常往返于腹中与唇齿之间的词句——
再不脱口而出，它们就将被生活嚼碎

创口手术

不等伤口喊疼，血液汩汩涌出
不紧不慢，替它叙述委屈和愤怒
没有练过金钟罩或铁布衫
我的肉身难以抵挡飞沙走石
仰躺在手术台上，我比一只羊羔更温顺
针头进入皮肉，麻药，迅速封锁局部神经
那不安分的痛觉，被一一驯服
用最细的针和线缝补，外科医生
像食堂拐角处的老裁缝
一针、两针、三针。不能再多了
这个数字，充满阳光
能招安一切飞来的灾祸
缝好后，伤口是一条缄默的蜈蚣
一段时间内，它都会趴在额角，一动不动

病房或冷清的光

其实，病房和灵堂没什么区别
只不过比死亡少了一分黑色，只不过
有人啼哭抹泪，有人被安慰要坚强。只不过
一种希望秘而不宣，一种悲凉不请自到
这里的白，耀眼、纯洁、充满恐惧
阳光透过玻璃窗，温度被过滤
煞白的光和弥散的药味一样，显得多余
头发一根根地掉落，像凋零的树叶
同时脱落的还有一些成熟或生涩的记忆
在素白的床单和被子上显得格外刺眼
打针、吃药，吃药、打针……
我的目光，被药剂喂得苍白、饱满
当亲友前来探望，它有足够的精力迎来送往

急救车

谁也不想乘坐这样的专车
躺在担架上，疼痛，随着血液往全身流淌
警笛急促，却并没有减轻我的难受
一声接着一声，它替我喊出隐忍不住的苦楚
血液和汗液相继流出，久别重逢
它们在伤口处叙旧，眼泪拒绝出席
在救护车上，生命不能再谦卑或谦让
有多少人和我一样，也许一辈子
只享受这一次鸣锣开道——
该无比光荣，还是羞于提起？闭着眼
任所有思绪和顾虑被车轮反复碾压
抛在向晚的风里

发 烧

让我在太阳下瑟缩
却嫁祸给渐行渐远的秋风
体内，一粒火种被悄悄点燃
开始燎原，这莫名的火
从眼耳口鼻到心肝脾胃……
错愕的梦，告诉我
它们全是假货，以至于
不能感官，不能自主生活
慌乱中，翻看出生证
还好，在保修期内，不必回炉重造

号　脉

把左手交给右手的过程
就像在托付终身
食指、中指、无名指
临时充当，最原始最简单的传感器
脉浮、脉沉？搏动并不规律
或急或缓。这混乱的迹象告诉我
脉象并不平稳。举、按、寻
隐藏的病症，露出端倪
一场风寒，偶感
在体内闹得兵荒马乱

处　方

尽量把字写得潦草，以至于
看不清写的是什么名称
久病成良医？可还得拿出纸笔
写下已经疏远的草药，并说服自己
生姜、甘草、大枣
凭着记忆称量、抓取
屋后的山泉在罐子里，熬成
一碗浓汤。或甘或苦或涩……
药方的味道，和生活相差无几
请给我一个引子，在一饮而尽之前

小数点

忍和让之间有一个等号
时隐时现,考验着我的定力和眼力
偏偏,我时常眼拙,发现不了

五行缺水的人,同时也缺少
水的冷静。因此,设法给我的牛脾气
穿上一个鼻环,就成了当务之急

精选的菩提子,环绕成串
每掐一颗,就算一忍。从一数到十四
或倒数,我在等式的两边画上句号

时间久了,这串念珠难免被我
当成小数点。每当生活与我斤斤计较时
我就根据差值把位点前移或后退

问 路

谷歌、百度、高德，我相信
这世间再也找不到比这更精细的地图
但也有些异常隐秘的地方，而它们
根本不知道该怎么走。比如怎样抵达
一个人的内核，怎样走出尘世的重重迷宫……
这些路径，依靠导航永远无法找到
因而，对于一个念旧且落伍的人来说
我习惯于用嘴巴去一一叩问
"去昨天的路怎么走？"
佛陀说，"凡所有相，皆是虚妄。"我没有慧根
又不敢反复再问一遍，只好合上书
在闭上嘴前，诵念一声"阿弥陀佛"

破洞牛仔裤

当窗外的秋雨
试图用绵长稀释暑气的浓度时
我正反复洗涤最后一次换下的牛仔裤
它在时间的啃食和我双手的不断揉搓下
其中一边有了几个破洞
为了符合对称美学，我不得不
狠下心来，在完好的一边也戳上几孔
然后小心翼翼，把它挂在晾衣架上
让风慢慢吹干它因疼痛而流出的泪和汗
灯光下，两条瘦小的裤管
是两支清脆的笛
在秋风快勒不住马蹄的夜里，我听到
音符和虫声正讨论怎样与秋天话别

牧　马

深夜，体内的野马又一次脱缰
起床披衣，我从桌肚里请出笔墨纸砚
粗劣的火纸是一片泛黄的草原
狼毫牵着马驹纵横驰骋。马蹄踏一把立刀
连根剜去一些肆意入侵为害的杂草
藏在野花丛中的卧钩顺着脉络潜入心脏
今夜过后，它将负责怀揣从未到过的牧场
三点水，两点水，在草原上慢慢汇聚
窗外月色皎白，适合饮马
落草的一撇锋芒太露
我得想办法把刀刃弄钝一些
悬针竖牢牢地钉在纸上，像一根柱子
它给了老旧的缰绳一个最好的归宿

葳　蕤

我无意于描摹春色
葳蕤，已做了最佳代言

犁过的水田里
鸭群用喙唤醒土壤的深度睡眠
水泡咕噜，在水面写下心愿

足迹，被囚禁了整个寒冬
现在终于获得赦免。观赏油菜花的人
试图用焦距锁住眼前的春天

嗜酒者渴望一次豪饮
酒瘾发作后，就从春天的枝头
采摘一些雨声和鸟鸣来酿造美酒

我把葳蕤的解释权还给字典
每当有人问起它的词义时
我就把问号当成鱼钩并一口咬紧

姓葳名蕤，我急于浮出春天的水面

一号书库

很多时候,它更像一座荒岛
每当体内的躁动因子又不安分时
我就狠下心来,把自己发配到这岛上
目光所及处,书架林立,纸张泛黄
一种荒凉之感正从指间向我的心脏涌动
在这人迹罕至的地方,时光
清澈见底。而我是一条容易迷路的鱼
端坐在书中的人,不知道在此等了多久
黄发、垂髫,他们都曾精心准备
在我游经的地方布满了无形的鱼线
一次驻足约等于一次咬钩
生命表层的愚妄和肤浅总会被率先钓起
做自己的无冕之王,在一号书库
我常常选择在闭馆之前,将自己赦免

种心愿

按照我的物候学分类
心愿，属于一年一熟制作物
而新年的钟声，像布谷鸟的啼啭
一声声地催促
让我务必在钟声结束之前完成播种
来不及翻土、整地，也来不及
确定种植密度。一瞬间
我迅速把左右心室都腾出来
——在被严寒封杀的冬季
只能用这两间密封的房子搞温室种植
为了使种子免遭病虫草的毒害
还要选择泛黄的牛皮纸来制作包衣
关于萌发、出苗，以及灌浆结实的时间
包括神灵在内，没人知道。兑现一词
散发诱惑，让我年复一年，乐此不疲

捉闪电

村头的酒疯子死于雨天
除了嘴里时常马力十足的小火车
他再也没能带走其他的殉葬品
临时收留他避雨的老槐树，惨遭不幸
这个被祖辈反复讲起的故事
让我不敢说半句谎话，我对闪电
心怀敬畏。在雷电缠绵悱恻的季节
我尤为谨慎，深怕嘴巴不听使唤
说一些荒诞不经之词。胆子足够大了
遑论的地位就岌岌可危
我选择用快门来捕捉闪电，蓝色的巨龙
被囚禁于底片之上，动弹不得
即便如此，我还是在按键的刹那
承认自己的罪行并请求宽恕
我依然惧怕电闪雷鸣，胆量对我来说
本身就是一句弥天之谎

谈坠落

我不迷信，但始终认为
坠落本身一定隐藏着某种
未曾被察觉到的含义。傍晚
眼镜盒从一米高的书桌掉到地上
粉碎性骨折，带来疼痛和懊悔
精心收藏一天的风景，随着镜片
摔得七零八落——也许
但凡美好的事物，注定要破碎之后
一片片拼接才会变得形态逼真
来不及追问或解答，极目眺望过的远方
也不知所踪。视线昏暗混沌
我只能用触觉来矫正视觉误差
某一刻，玻璃渣刺破指尖，血珠模糊
分明的疼痛感，从中枢神经极速坠落

人工授粉

春天，实验田重新恢复
后花园的身份。蝴蝶和蜜蜂
也再次兼职做导游
课堂从教室移到田间，并不意味着
我们可以像游客一样走马观花
棘手的油菜杂交手术，亟待处理
我用镊子和剪刀，一一摧毁
雄蕊的欲念。柱头用缄默表达气愤不平
为了赎罪，我仔细遴选优质花粉
等雌蕊亲吻过柱头，手术就宣告结束
只是，我对这一切心怀愧疚——
我的武断剥夺了它们发表意见的权利
在标牌上慎重地写下姓名和时间
就等同于在手术责任书上画押落款
虽是赤脚医生，我也必须
对每朵油菜花的春天负责到底

诱　供

麦浪从远处向我翻滚而来
风中，隐约有涛声：波频不一
反复冲击着不安分的看麦娘
不断弯腰，使它患上腰椎盘突出症
四月的原罪，在于芳菲将尽时
一些杂草和病虫以春天的名义为害
行走于风浪中的师生，手持纸笔
他们根据不同程度的歹恶来定罪、量刑
实验田里，一种厚重失而复得
温光水肥都被运送到植株的穗子中
灌浆、膨胀。随后，麦子
获得了时间赠予的某种张力
纸上记录的调查数据，不会开口说话
统计分析，类似于诱供。或许
它们什么也没说，却也什么都招了

栽种春光

在此之前，先得
借助铁铧让酣睡的土壤翻身
用耙子，安抚凹凸不平
当然，这些工序都得在水中进行
只有水的柔情，才能使得五行调和
文汇路校区的实验田，似乎
具有某种神奇而独特的吸引力
它总能在缺少生机的季节请来春天
水稻、麦子，玉米……都是它
根据不同物候精心书写并派发的请柬
我在立夏后的田里栽种春光
如你所见，一根长绳横贯其间
像一把刻度尺。它在丈量株距的同时
也顺便检验我们对待劳作的态度
我们在绳子前站成一排
每栽下一株秧苗，就给水田鞠一躬

跋:袁伟的乡愁写作

庄晓明(诗人、诗评家)

袁伟是苗族,家乡在贵州铜仁市印江土家族苗族自治县,一个极富诗意的地域。家乡附近有著名的道教圣地梵净山,海拔近两千五百米,系武陵山脉主峰,森林覆盖率达 95%。今天的袁伟,是扬州大学的大四学生,求学于一个诞生了张若虚、扬州八怪的地域。从某种意义上说,他是从中国历史上一个高度自然文明的地域,来到了一个高度城市文明的地域,文明的落差,地理的距离,很自然地赋予了他敏感的心灵以一种乡愁,以及诗歌创作的灵感。

一般而言,乡愁指的是因为某种一时无法克服的距离,而产生的对家乡的情感和思念,一种不能自拔的眷念家乡的情感状态。从扬州到袁伟的家乡贵州印江,古典时代的距离,自然是遥远的令人生畏,但在交通发达的今天,这个距离可以轻易地被克服,地理的阻隔,已不能成为乡愁频生的理由。因此,袁伟的乡愁,不是对故乡的泛泛而思,而是对已经过去或逝去的某个具体场景或情感的怀念,袁伟与它们的距离,来自一种不可克服的时间的阻隔,而且这种距离,仍在时间的流逝中令人绝望地不断扩展。因此,袁伟的乡愁,实际上是一种时间的乡愁,能给予拯救的,只有诗歌。

从质量上来说,袁伟的这本诗集中的主要诗歌,即来自于这种时间乡愁的催生。乡愁的内核,无疑是情感,诗集《栽种春光》的开始部分，显然也是他最珍视的部分，即是“亲情”，是对自己来扬州求学之前，与家里的亲人相伴的珍贵的时间与情感的回忆。

> 我常在雨夜被一些没有瓜葛的病痛找上门
> 它们突如其来，不由分说
> 逼迫我带着哭腔从梦中惊醒
>
> ——《雨夜单车》

袁伟的儿时，身体羸弱，常在雨夜被一些没有瓜葛的病痛折磨，“带着哭腔从梦中惊醒”，他的父亲自然每次都是焦虑万分，骑着老旧的二八自行车，累得咯吱咯吱，把儿子带往医院。

> 坐在横杆上，我能听到父亲焦虑的心跳——
> 清晰、急促，刺耳。他试图
> 用谈话和唱歌掩盖未知的恐惧，但在
> 滂沱大雨中更像是祈祷……
>
> ——《雨夜单车》

这一细节的描写如此真切，场景如在眼前，父子连心的病痛，一行行揪着读者的心。如今，十多年过去，儿子的病痛似乎亦已成为过去，然而，“父亲对雨夜的敏感，却仍然被尘世所困”，由于儿子曾经的雨夜病痛，雨夜竟成了父亲至今的条件反射，而这条件反射，又成了今天儿子的另一种“隐痛”。《雨夜单车》全诗，没有一句多余的抒情，仅由叙述、场景、细节构成，其蕴含的父子情深的力量，却是如此深深打动着我们，不愧为袁伟诗集中的佳作。他的另一首诗《深夜对酌》，亦是写父子情感的一首佳作，写诗人前往扬州上大学之前，与父亲的一夜对酌。面对上大学的儿子，渐渐老去的父亲不再把他看作孩子，而是当成一个成人，一个朋友，敞开了心扉，一个真实而感人的父亲形象跃然纸上。

袁伟的家庭，似乎是慈父严母。《罚跪》一诗，则回忆了母亲对他儿时的教育。袁伟的母亲不识字，然而，却明晰做人的道理，教育的重要，对孩子的严，才是真正的爱。儿子有了过失的言行，她的办法简单而直接，就是“罚跪”。“六岁那年夏天的某个雨夜就跪没了/堂屋里的一片漆黑，像母亲口中那句/不由分说的罚跪命令”，不仅如此，还要同时向着神龛下的列祖列宗悔过。诗人的儿时，不知被罚跪了多少次，多少时间，以至于膝盖上“两个老茧若隐若现”，当然，诗人也收获了今天为人称道的品行。

> 我用膝下的黄金，买了启蒙字典
>
> 它由母亲所编，剔除了一切不实之词
>
> ——《罚跪》

诗人的感喟是复杂而深沉的，然而，他却是从另一角度，呈现了他与母亲的深情。“雪蝴蝶”辑中值得一提的，还有《当铺》《反哺》等诗，前者叙述了一直生活于底层的父母，挣钱供自己上学的不易，“为了我的成长和学业，在不同时间段/父母依次抵押了青春、血汗和健康”；后者则表达了对从未见过面的外婆的怀念，“一篮粽子，一把香，一沓纸钱，一瓶雄黄酒/提着这些节日的元素去陪外婆过端午”。这些诗歌皆是以叙述、场景、细节等构成全篇,朴实,生动,感人。说实话,读到袁伟的这些诗歌的时候,我是吃惊的,我感到了他的诗歌天赋,他竟在短短的两三年中,在他的大学生活时期,就寻找到了他的已颇显从容的诗歌节奏,写出了堪称优秀的诗歌,而且是我推崇的纯正的“叙述性写作”。

我的诗学长论《反抒情写作》一文中,第一个探讨的就是“叙述性写作”。我所言的叙述性写作,不仅仅面向某个人,或某个故事,它还注重着某段经历,某个片断过程的叙述,展开。这种对叙述过程的专注,自然地压缩着抒情因素,甚至将之剔除出去。从诗歌发展的意义上讲,抒情性是属于过去的,而反抒情是属于当代和未来的。袁伟尚在他的大学生活期间,就实现了自己诗歌创作的当代性,站在了一个很好的起点上,这是不容易的。

如果说,袁伟在“雪蝴蝶”辑中的乡愁写作,是将目光关注于几位亲人之间,那么,他在“瓦上霜”辑中的乡愁写作,则将目光放到了他的家乡广阔的世界。

> 他们的一生,是一本厚厚的书
> 由生命的最后一声啼哭执笔写完
> 粗劣的纸上没有文字,一切只用标点表达
> ……
>
> ——《庄稼人》

在《庄稼人》这一首诗中,年轻的诗人思考了他的家乡人民的命运,颇有雄心地试图以一首诗,为他们那“一本厚厚的书”写一个总序。

要做到这一点显然难度极大，但诗人找到了一个独特的视角，以标点符号系统来象征他们的命运：皱纹如“波浪线”，“反复标注勤恳，这个安身立命的重点”；花白的头发如“感叹号”，“控诉着岁月的无情”；越来越弓的腰如“问号”，询问着“庄稼和黄土地的关系”；而最终的“老年斑”，则成了意味无限的“省略号”，逼迫着我们无尽的思索——这是一个出色的标点符号象征系统，不仅为这片土地上辛勤劳碌的人民，勾勒出了一本大书的轮廓，实际上也是试图为他们立一块诗歌之碑。年轻的袁伟的努力，不由使我油然生起敬意。

如果说，在“瓦上霜”这一辑中，诗歌《庄稼人》有着某种“序”的意味，那么，《锅巴粉》《瓦舍》《石碑》《草鞋》等诗，则在具体事物具体场景中，作了精彩纷呈的展开：《锅巴粉》一诗，描写了诗人家乡的一种独特食物，“锅巴粉”的制作过程和美味；《石碑》一诗，则叙述了一块矿山运回的石头，如何被老石匠凿成一块石碑的过程；《草鞋》一诗，则讲述了爷爷的一双巧手，如何将无用的废料编织成“金色草鞋”的故事。袁伟的这几首诗歌，皆极具细节，生动形象，在某种程度上为我们呈现了他的家乡。然而，如果袁伟的诗仅止于此，就只能是一种普通的乡愁写作，袁伟的出色之处，是他在这些诗中，还投入了属于自己的思想，使这些诗不仅打动我们，还启发我们。袁伟曾这样述说他的诗学追求：

诗意与思想应高度融合，一首作品，如果光有思想而缺诗意，就少了诗的属性；片面追求诗意而缺少思想，文本就少了质地和分量。

在《庄稼人》《锅巴粉》《瓦舍》《石碑》《草鞋》等诗中，袁伟有意识地实践了自己的诗学追求，尽管有时不免露出吃力的痕迹。这些诗的进展中，不时闪耀出极具象征或引人联想的词句，将读者引领入新的境界：磨“锅巴粉”的“老旧的石磨”，即使“尘封已久”，仍可以被“重新起用”，隐喻了诗人的乡村某种古老而不屈的命运。“锅巴粉”在胃里的“一次次蠕动”，最终“分解成庄稼人特有的属性”，古老的食物，与庄稼人生命的互动、循环不息的关系，就这般呈现了出来，引人遐思；《石碑》诗中，带着“粗野的属性”的石头，经凿子的“镇压每一处凹凸不平”，而变得“圆滑”，不再“棱角分明”，这分明就是那些乡间苗人的宿命，在社会习俗的打磨下，最终“按长幼顺序，跪于碑面”，这首诗背后的空间，简直就是一个民族的反思史；至于微不足道的来自一些废料的“草鞋”，竟在爷爷的手中闪烁“金色”的光泽，而被赋予永恒的意味。诗尾的当爷爷“摊开粗大的手掌，阳光下 / 我看到一群蝴蝶，正破茧而出”，如此画面，令我们情不自禁地联想到许多美好而令人忽视的事物，甚至联想到了诗，在今天，它具有着与“金色”草鞋一般的属性。

可以说，袁伟的这本诗集中的许多诗，相当程度上成功地植入了自己的思想，而尤令我欣喜的是，袁伟有些时候，还追求着将他的思想提升到一种抽象或哲学的高度。尽管由于年龄和阅历的局限，他的努力尚显得吃力，有些诗节露出生硬，但这种努力无疑是可贵的，我一直以为，现代诗歌的杰作，应具有这样的品质。

土，处于五行之末
而在一间瓦舍的结构中
它除了本身，还是金木水火
能容，量大，不一定是海

瓦也可以。只要它们彼此拥抱
就能收留无数生灵，供安身立命
一片瓦，是至阴至阳之物
而黄和青是坚不可摧的内外核
年岁久了，就用坠落提醒主人去检修
我对每一片瓦都心存敬畏，因为
受过太多苦难的人死后没力气升天
而瓦舍，是祖辈们唯一可以爬升的高度

——《瓦舍》

我之所以提出《瓦舍》一诗来进行讨论，并非因为它是佳作，实际上，它还不成熟，需要进一步的打磨，然而，它显示出了袁伟未来可能发展的空间。在中国的古典哲学中，世界万物是由金木水火土构成的，是一个相互依赖的系统。袁伟的《瓦舍》诗一开始，就进入玄思，而且，他诗中的“土”，不仅指泥土，还有着大地的意味。盖房舍的“瓦”，是直接来自“土”的煅烧；“金”，作为一种金属，也可谓来自“土”的淘洗；“木”，无疑是自“土”中生长而出；“水”，它的流动，自然离不开“土”的托扶；至于“火”，虽在空气中燃烧，但其燃烧的物质，同样来自于“土”。因此，在一种玄思中，有了《瓦舍》第三行的诗句，“它除了本身，还是金木水火”。一首短诗的诗思，不易抽象中过久，否则会引起读者的阅读疲劳，或迷失，于是，诗人便将来自“土”的“瓦”，与具体的房舍联系起来，获得某种落脚点，“能容，量大……只要它们彼此拥抱/就能收留无数生灵”。有了实在的落脚点，诗人并没有滞留，而是开始了下一步玄思的继续飞升，或深入。第六行起，诗人由“瓦”在房舍建筑中的位置及属性，将之命名为“阴至阳之物”。“瓦”之“青”，是由泥土之“黄”煅烧而来，在一种世界观中，诗人又将这“黄”与“青”赞美为“坚不可摧的内外核”。在对“瓦”的本质和属性探讨之后，诗人接着将之置于时间中考量，“年岁久了，就用坠落提醒主人去检修”——这一句，将诗思又落到了可感的实处，同时亦引向诗的尾声：“我对每一片瓦都心存敬畏，因为/受过太多苦难的人死后没力气升天/而瓦舍，是祖辈们唯一可以爬升的高度”。这结尾的三行，是袁伟最好的诗句之一，既有着抽象的上升，又有着厚重的意蕴：生存于这片土地上的人民，因为承受了太多的苦难，耗竭了他们的元气，以至于死后的灵魂亦无力攀升向往的天堂。他们唯一所能攀到的高度，也就是居所之上“瓦”的高度，也就是说，仅仅是牛马一般生存而已的高度。这三行诗，无疑有着撼动人心的力量，与前面的玄思、哲思结合起来，使不过十二行的《房舍》有了一种“大”的气势。

要在一篇序中，面面俱到一本诗集里的所有作品，并无可能，亦无必要。袁伟的这本诗集，乡愁写作之外的其它辑中，如“未安枝”“刹那记”等，皆有佳作值得一读，我的这篇文章充其意味，只是起一种引读作用，寻找到袁伟诗中最具特色的创作部分，作一些分析、探讨。眼下的袁伟，他的诗歌创作已在某种程度上，寻觅到了适应自己的节奏，呈现出自己的某种特色，但他尚是一个在读的大学生，一切仍在起始阶段。他的未来的诗歌空间将更大，而且是可以期待的，我有这样的信心。

2018年6月14日

后 记

八岁那年，我被父母从贵州老家接到广东开平的一个工业园区上小学。念完五年级，然后随父母到河南巩义县大峪沟镇接着念书，一直到初二。之后回到家乡——印江土家族苗族自治县，念初三。中考后去到贵阳市花溪区的清华中学，三年后，来到如今已学习生活四年的千年古城——扬州。

感谢这些“颠沛”和“辗转”，它们让我产生了表达的欲望。当然，这所有的一切，都出自父母的选择，感谢他们为我的学习和生活不断创造新的、良好的环境。

承蒙师长、朋辈对我的关注和支持，这几年里，陆续发表了一些分行的方块字。但我始终觉得自己离诗歌太远，要走的路还很长。

感谢农学院这片沃土，给了我灵感；无论是在课堂、实验室，还是实验田……授课的老师们，总能用自己精准、形象而又生动的讲解，让一向反应迟钝的我产生共鸣，写下感触。

感谢扬州大学农学院江苏高校品牌专业建设工程——农学专业的全额资助。

未来的路还很长，一切才刚刚开始，此情可待，来日可期。

袁伟

2018年盛夏于扬州大学农学院